¡Hundido!

Para Daniel y Amanda

Publicado por primera vez en inglés por HarperCollins Children's Books con el título *Sunk!*
HarperCollins Children's Books es un sello de HarperCollins Publishers Ltd.

Texto e ilustraciones: © Rob Biddulph 2017
Traducción: Anna Llisterri
Revisión: Tina Vallès

© de esta edición: Andana Editorial
C/ dels Arbres, 23. 46680 Algemesí (Valencia)
www.andana.net / andana@andana.net

1ª edición: Octubre, 2017
ISBN: 978-84-16394-61-6
Depósito legal: V-1204-2017
Impreso en China

Escrito e ilustrado por

RobBiddulph

Andana
editorial

Un sombrero de pirata.
Un día soleado.
Para Azul el pingüino
un nuevo juego ha llegado.

Con Blas Cimitarra

y el contramaestre Orlando.

–¡Adelante, camaradas!
¡Estamos zarpando!

Un pingüino pirata necesita un navío.
Aquí viene Luis, que pesca sin tener frío.

–¡Un amigo a la vista!
¡Capitán, a estribor!

Es la foca Marcelo,
el grumete mayor.

–¡Preparad la vela!
¡Izad nuestra bandera!

¡La búsqueda del tesoro nos espera!

LOS SIETE MARES

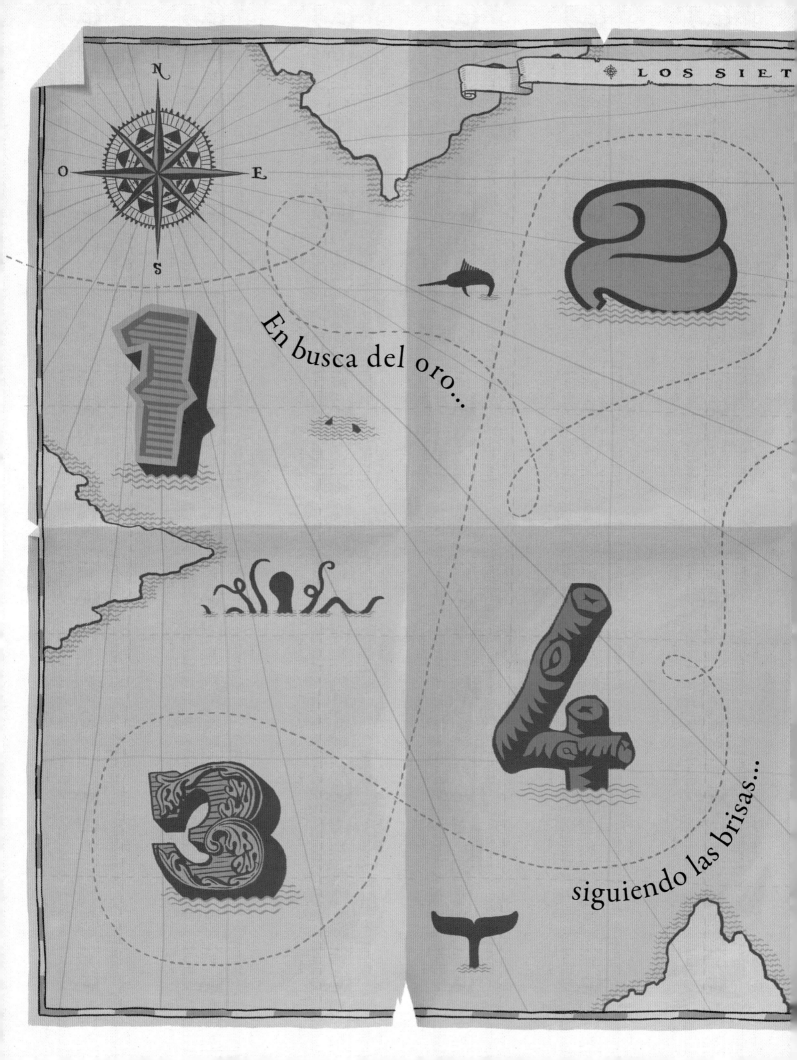

En busca del oro... siguiendo las brisas...

LOS SIET

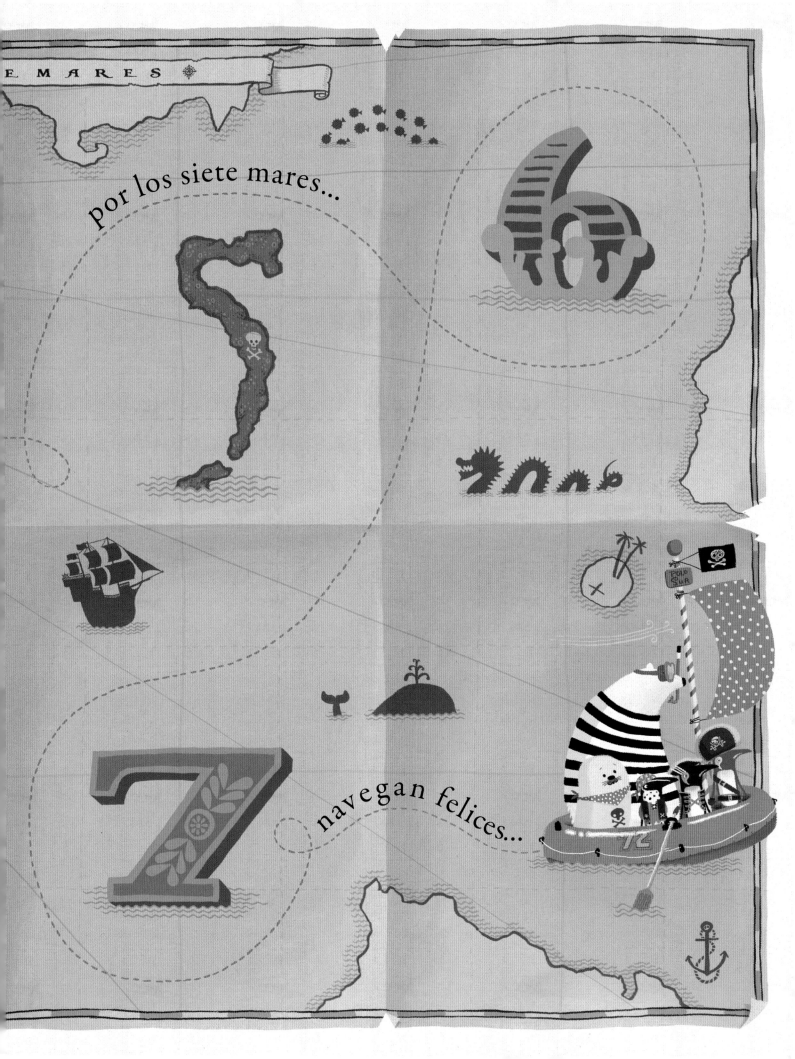

Y entonces, de pronto...
¡Oh, no! ¡Un desgarrón!

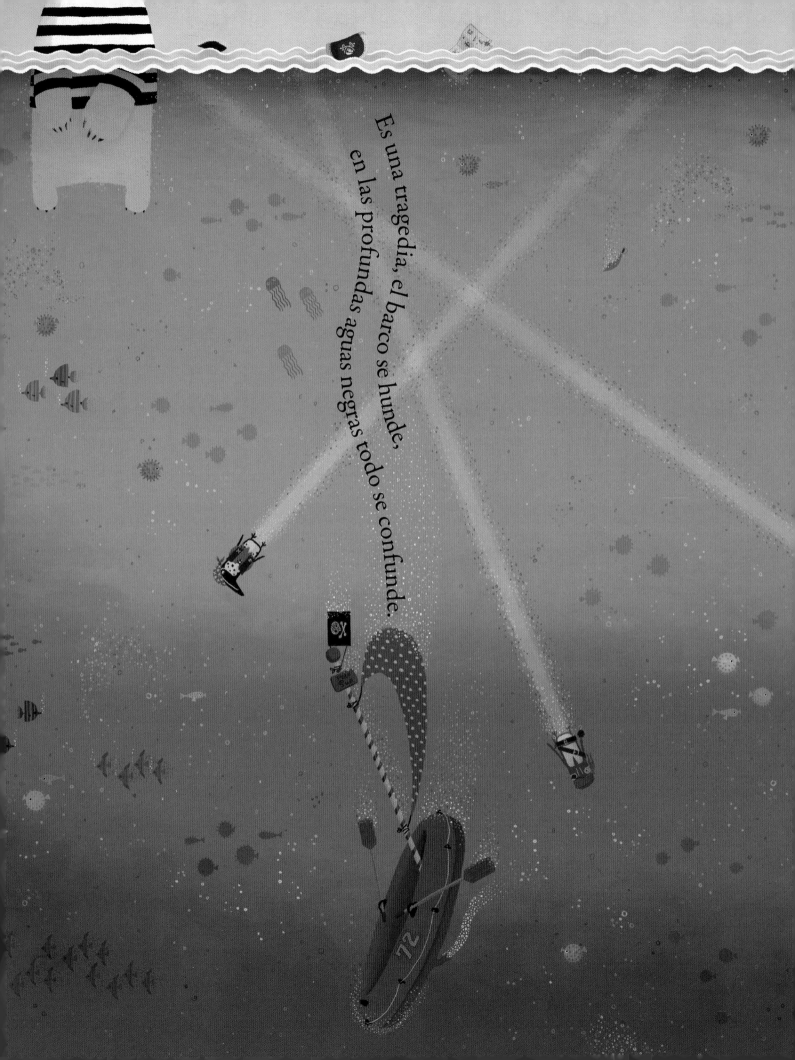

Es una tragedia, el barco se hunde,
en las profundas aguas negras todo se confunde.

Un momento: esto es una bandera...

Un mástil...

Un timón...

¡Calamares y sirenas,
es todo un galeón!

Azul el pingüino,
se acerca a mirar.
—Ya he visto este buque,
en mi libro está.

El *Terror de Neptuno*,
antes majestuoso,
en el fondo del océano,
reposa silencioso.

TERROR DE NEPTUNO

Por desgracia no hay tiempo para explorar.
Los pingüinos cansados en tierra deben estar.

Con arena y palmeras, una islita desierta.
¡Uf, qué suerte! La tenemos muy cerca.

–¡Mirad! –dice Orlando–.
Alguien nos saluda.

–¡Socorro!
¡Soy un náufrago!
¡Necesito ayuda!

–Soy el capitán Juan Roberto Tablón,
encallado en la isla desde que se hundió mi galeón.

–¡El famoso Tablón! –Azul no puede callar–.
¡Será muy emocionante poderos rescatar!

–Gracias, aventureros,
pero no sois tan afortunados...

...¡Creo que como yo habéis quedado encallados!

Piratas naufragados,
no temáis a nada,

porque Azul ha tenido
una idea acertada.

—Con estos peces globo,

unas algas

y una ballena,

el barco saldrá a flote y acabará nuestra pena.

Todos los peces se hinchan,
va subiendo el galeón...

... y por allí resopla,

¡el último empujón!

–¡Mi barco! –exclama Tablón–.
¡Hurra, valientes, nos podemos salvar!
¡A bordo, bucaneros,
es hora de zarpar!

Navegando entre el oleaje
y la espuma con reflejos de plata,

el capitán, agradecido,
remolca a casa la tripulación pirata.

Dos sombreros de pirata.
Un día soleado.
Con Azul el pingüino
un amigo se ha quedado.

Es divertido ser pirata
y encontrar un gran tesoro,

pero los buenos ratos con amigos
valen mucho más que el oro.

TERROR DE NEPTUNO